Dragid Feuerherz

Die Perle des Lichts

Grit Poppe

wurde 1964 in Boltenhagen an der Ostsee geboren.
Sie studierte am Literaturinstitut in Leipzig und schreibt Romane für Kinder und Erwachsene. Grit Poppe lebt mit ihrem Sohn und ihrer Tochter in Potsdam.

In der Edition Bücherbär bereits erschienen:
Dragid Feuerherz – Hüter der Drachen

Anke Dammann,

geboren 1967 in Friedrichshafen am Bodensee, studierte Grafik-Design in Dortmund. Nach ihrem Abschluss arbeitete sie zunächst als Grafikerin in Werbeagenturen, machte sich 1998 selbstständig und lebt und arbeitet seitdem als freie Illustratorin in Wuppertal.

Auf die schlaue Wolfsdrachin
kann Dragid sich immer verlassen.
Sie ist eine treue Gefährtin!

Die weise Drachenkönigin
ist die Anführerin
der Drachen im Feuerland.

Der Magier aus dem Land
hinter dem Regenbogen reist
in einem Farbenschloss
durch das Land der Drachen.

Im Wald der Schatten
leben diese boshaften Kobolde,
die sich unsichtbar machen können.

Grit Poppe

Dragid Feuerherz

Die Perle des Lichts

Mit Illustrationen von
Anke Dammann

EDITION BÜCHERBÄR

In neuer Rechtschreibung

1. Auflage 2007

Einband und Illustrationen von Anke Dammann
Gesamtherstellung: Westermann Druck Braunschweig GmbH
ISBN 978-3-401-09149-5

www.arena-verlag.de

Arena EDITION BÜCHERBÄR

1. KAPITEL

Dragid und Ylvia rauschten mit weit ausgebreiteten Schwingen durch die Luft. Ihre riesigen Schatten kreisten über der Höhle der Drachenkönigin Otronia. Allmählich tauchten sie tiefer und flogen in langsamen Runden hinab. Plötzlich nahm Dragid ein Zittern in der Luft wahr und blickte sich rasch um. Eine Schar Kirschkernbeißer flatterte furchtsam und ungewöhnlich still an den Drachen vorbei. Dragid schaute auf das Feuerland, das unter ihm lag und das ihm dunkler vorkam als an anderen Tagen. Das rote Mal auf seiner Stirn sandte warnende Stiche aus, aber er konnte weit und breit keine Gefahr erkennen.

»Die Schatten«, sagte Ylvia da. Zwischen ihren Augenbrauen saß die Sorge wie ein Nachtfalter. »Unsere Schatten. Wie groß sie sind. Findest du nicht?«

Dragid schnaubte verwundert. Ylvia fürchtete sich vor *Schatten?* »Ich finde, wir sollten uns beeilen«, sagte er. »Otronia wartet nicht gern.«

Vor sechs Vollmonden war die Drachenprinzessin Filana aus dem goldenen Ei geschlüpft, und Königin Otronia hatte Dragid und Ylvia erwählt, die Hüter der kleinen Filana Funkenflug zu sein. »Ihr habt das königliche Ei aus den Klauen des Basilisken gerettet«, hatte Otronia so laut erklärt, dass es auch die murrenden, schwerhörigen alten Drachen verstanden. »Ohne euch wäre Filana nicht bei uns.« Niemand wagte etwas gegen den Entschluss der Drachenkönigin einzuwenden, auch wenn die Alten glaubten, dass ein Wasserspeier und die Urenkelin einer Wölfin für einen solchen Auftrag nicht taugten.

Das Hüten des Drachenkindes war auch alles andere als eine einfache Aufgabe.

Jedes heranschleichende Reptil auf der Erde und jeder Flügelschlag in der Luft konnten eine Gefahr für das Leben des königlichen Drachenkindes bedeuten.

Jedes Geräusch verkündete vielleicht das Nahen eines Feindes. Es gab Raubvögel, giftige Schlangen und Skorpione in Feuerland. Und es gab

Wesen, die der Drachenprinzessin noch weitaus gefährlicher werden konnten. Kein Geringerer als der König der Schlangen hatte bereits versucht, die Macht im Feuerland zu erlangen. Er war ein Basilisk, das furchtbarste Wesen, das Dragid kannte. In der Nacht der Finsternis hatte der Basilisk das Ei der Drachenkönigin Otronia gestohlen. Noch jetzt klopfte Dragids Herz schneller, wenn er daran zurückdachte. Auch an den Kampf mit dem Basilisk in der Höhle des Schwarzen Berges erinnerte er sich nur mit Schaudern. Durch die Rettung des goldenen Eis war Dragid in Otronias Augen zum Hüter der Drachen geworden. Natürlich war Dragid stolz auf ihren Sieg gewesen, doch zugleich ließ ihn die Furcht vor dem Bösen nicht los.
Die Drachen setzten zur Landung an, und auch Dragid fiel jetzt auf, dass sein Schatten viel größer war als sonst. Was hatte das zu bedeuten?
Filana schaute schon aus dem Höhleneingang heraus und lächelte von einem Ohr zum anderen. Eine Reihe winziger scharfer Zähne wuchs in ihrem Mäulchen. Ihre feuerrote Schuppenhaut mit dem schwarzen Wellenmuster leuchtete feucht, als wäre sie gerade erst geschlüpft. In ihren blauen Augen blitzte Neugier und Abenteuerlust. »Fliegen!«, kreischte sie. Wenn sie mit den Flügeln schlug, sprühte es winzige Funken. »Fliegen, fliegen!« Immer heftiger schlug sie mit den Flügeln, und immer mehr Funken tanzten durch die Luft. Die kleine Filana konnte noch

nicht fliegen, umso mehr liebte sie die Ausflüge mit Dragid und Ylvia. Und der Tumult, den sie veranstaltete, bedeutete wohl nichts anderes als: Nun lasst uns endlich aufbrechen!

Dragid warf einen schüchternen Blick in das Innere der Höhle und blickte direkt in die leuchtenden Augen der Drachenkönigin Otronia. Sie schnaufte leise, als sie sich erhob, und eine duftende Rauchwolke stieg ihm in die Nüstern. »Seid gegrüßt, ihr Hüter«, murmelte sie. »Der schützende Regenbogen möge sich über euch spannen.«

Kam es Dragid nur so vor, oder hörte sich Otronias Stimme besorgt an?

»Die Vogelartigen bringen schlechte Nachrichten«, sagte sie, als sie seinen fragenden Blick bemerkte. Die Vogelartigen arbeiteten als Boten für Otronia. Halb Vogel, halb Drache gehörten sie zu den Mischwesen und waren schnelle und geschickte Flieger. »Etwas verdüstert das Feuerland. Das Nichtlicht breitet sich aus.«

»Ich habe die Schatten wachsen sehen«, sagte Ylvia leise.

Otronia nickte. »Wir müssen sie finden«, sagte sie, als würde sie zu sich selbst sprechen. »Bevor das Nichtlicht unsere Feuer löscht.«

»*Was* müssen wir finden?« Dragid schlug ungeduldig mit den Flügeln.

»Die Perle«, antwortete Otronia. »Die Perle des Lichts.«

Dragid nickte nachdenklich.

»Liegt sie nicht auf dem Grund des Sees der Perlen?«, fragte Ylvia.
»So ist es«, antwortete Otronia. »Wir brauchen einen guten Taucher.«
»Ich kenne den besten«, prahlte Dragid. »Mein Freund Adino aus der Blauen Wüste wird uns helfen!«
»Fliegen!« Filana lief mit flatternden Flügeln auf Dragid zu. Otronia lachte leise und seufzte. »Sie hat sich so auf euch gefreut . . . Also schön. Ich schicke einen Boten in die Blaue Wüste und werde Adino darum bitten, uns zu helfen und nach der Perle zu suchen. Ihr beide, Dragid und Ylvia, dürft euren Freund am Ufer des Sees begrüßen. Doch achtet auf Filana, das ist eure wichtigste Aufgabe. Ihr dürft sie nicht aus den Augen lassen. Vergesst es nicht. Und wenn Adino die Perle gefunden hat, kehrt so schnell wie der Wind zurück!«

2. KAPITEL

Der See der Perlen wirkte heute seltsam matt, dunkel und bewegungslos. Nicht einmal ein sanfter Schimmer lag auf der Oberfläche des Wassers. Eine einzelne große Wolke hing tief über dem See. Bei dem Anblick fühlte Dragid etwas Komisches in seinem Bauch, beinahe so, als hätte er einen Stein verschluckt, der ihm jetzt schwer im Magen lag. Er hielt nach dem Vogelartigen Ausschau, der Adino, auf Geheiß Otronias, ins Feuerland bringen sollte. Gemeinsam mit Adino würde Dragid diese komische Perle schon finden.

»Stell dir vor, wenn in Feuerland alle Feuer erlöschen«, sagte Ylvia und seufzte. »Dann könnte kein Drache mehr Feuer speien, die Lava in den Vulkanen würde erstarren, es würde kälter und kälter werden, und schließlich würden wir uns in Eiszapfen verwandeln. Mal ganz abgesehen von den Schattenwesen . . .« Ylvia betrachtete besorgt die Drachenprinzessin, die zufrieden im Ufersand saß und ein Loch buddelte. Filana wühlte so emsig, als wollte sie den Maulwürfen unter der Erde Gesellschaft leisten. »Wenn die Schatten sich in Feuerland ausbreiten«, überlegte Ylvia laut, »werden dann nicht auch die Wesen aus dem Wald der Schatten zu uns kommen?«

Dragid warf einen Blick zum Wald der Schatten hinüber, der gleich hinter dem See der Perlen begann. »Dort leben die Noddoks«, flüsterte er und fühlte einen Schauder über seine Schuppen laufen. Obwohl die bösartigen Kobolde in der Nachbarschaft der Drachen lebten, hatte er noch nie einen von ihnen gesehen. »Die sollen nur kommen. Mit denen werde ich schon fertig«, meinte er etwas großspurig.

Ylvia stieß ein ungnädiges Knurren aus, aber gleich darauf schimmerte es in ihren Augen, als würde sie sich über Dragid amüsieren. Dann wurde ihr Blick wieder besorgt.

»Siehst du die Wolke, die über dem See hängt?«, fragte die Drachin. »Sie bewegt sich gar nicht.«

Gerade als Dragid antworten wollte, hörte er plötzlich ein Rauschen in der Luft und dann ein lautes Platschen. Als er sich umdrehte, sah er Adino, der im See schwamm und mit den Beinen strampelte, dass das Wasser nur so nach allen Seiten spritzte. Über ihnen kreiste ein Vogelartiger mit einem Geierkopf und Drachenflügeln. Adino musste direkt vom Rücken des Boten ins Wasser gesprungen sein. Der Bote reckte seinen langen nackten Hals und spähte hinab. Doch Adino, der sich um das Reittier schon nicht mehr scherte, schien es offensichtlich gut zu gehen. Mit ein paar kräftigen Flügelschlägen flog der Vogelartige davon.

»Nun komm schon, Dragid, du Herr der Lüfte!«, rief Adino übermütig. »Oder traust du dich nicht?!«

Dragid ließ sich das nicht zwei Mal sagen. Nur ganz kurz dachte er an die Mahnung Otronias, Filana nicht aus den Augen zu lassen. Aber schließlich passte ja Ylvia auf die Kleine auf. Er stieg ein Stück in die Höhe, dann sauste er im Sturzflug auf Adino zu. Kurz bevor sie zusammenstießen, drehte Dragid eine kleine Kurve und tauchte in den See. Mit einem Schlag spürte er die Kälte des Wassers von den Nüstern bis zur Schwanzspitze. Doch nach ein paar kräftigen Schwimmzügen gewöhnte Dragid sich an die Temperatur. Adino schwamm mit schnellen hektischen Bewegungen neben ihm und machte aufgeregt Zeichen mit den Händen. Eine Schar Perlen war auf dem Boden des Sees aufgetaucht, und wenn die beiden sich beeilten, konnten sie vielleicht die eine oder andere erwischen, um nachzusehen, ob die, nach der sie suchten, unter ihnen war. Dragid fiel ein, dass er gar nicht wusste, wie die Perle des Lichts eigentlich aussah. Wahrscheinlich leuchtete sie irgendwie – was sonst? Die Perlen in diesem Gewässer waren keine gewöhnlichen Perlen. Sie schwammen durchs Wasser wie Fische. Doch wenn man sie fangen wollte, sausten sie blitzschnell davon. Mit ein paar energischen Schwimmzügen hatte Dragid den schlammigen Boden erreicht, und zwischen den Korallen und Algen sah er deutlich etwas leuchten. Adino schoss wie ein Hecht an ihm vorbei, und die Perlen stoben

aufgeschreckt auseinander. Eine Perle, die rosa schimmerte, huschte direkt vor Dragid hin und her, als wüsste sie nicht, in welche Richtung sie fliehen sollte. Vielleicht war sie ja die richtige? Der Drache versuchte, nach der rosa schimmernden Perle zu schnappen. Vergeblich. Mühelos wich sie ihm aus und flirrte wie wild im Wasser herum. Dragid nahm die Verfolgung auf, aber er verlor die Perle bald aus den Augen. Überall tanzten auf einmal blinkende Lichter im See, und Dragid kam es so vor, als würden die Perlen ihm zuzwinkern und sich lustig über ihn machen. Über ihn, einen Drachen, der in der Luft so wendig war und unter Wasser so hilflos wie ein Baby. Dragid schwamm auf die Lichter zu, und immer wenn er eine Perle vor sich schwirren sah, schnappte er nach ihr. Aber außer dem schlammigen Seewasser spürte er nichts auf seiner Zunge, und allmählich brauchte er Luft zum Atmen. Wo steckte Adino eigentlich?
Dragid tauchte prustend aus dem Wasser auf und hielt nach seinem Freund Ausschau. Aber erst einmal sah er nur, dass er nichts sah oder so gut wie nichts. Ein paar Algen hingen über seinem Kopf bis tief ins Gesicht hinein. Er wollte sie gerade abschütteln, als er Adinos helles Lachen hörte.
»Keine schlechte Fangmethode«, sagte der Salamanderjunge und grinste.
Der Drache blinzelte verwirrt durch die Seepflanzen hin-

durch. Er hatte nicht die geringste Ahnung, wovon Adino da redete. »Wie meinst du das?«

»Na, ich meine natürlich die Perle, die in deiner komischen Algenkrone hängt.«

»Ach so die«, murmelte Dragid, als wüsste er über alles Bescheid.

»Allerdings hast du wohl die falsche erwischt. Von Licht keine Spur. Sie ist schwarz wie die Nacht.«

Dragid schüttelte heftig den Kopf. Aber die Perle hing fest, als würde sie sich absichtlich an ihn klammern. Mit schnellen Schwimmzügen kehrte Dragid ans Ufer zurück. Er nahm sich vor, nach einer kurzen Pause noch einmal hinabzutauchen.

Ylvia lächelte, als sie Dragid ansah und die Perle bemerkte. »Du hast sie gefunden«, sagte sie.

»Nein, das ist nicht die Perle, nach der wir suchen«, erklärte Dragid etwas verlegen.

»Natürlich ist sie das!«, widersprach ihm Ylvia. »Erinnerst du dich nicht an die Geschichte, die der alte Taro uns einmal erzählt hat? Sie ist schwarz, mit einem lodernden Feuer in ihrem Innern – genauso hat er sie beschrieben. Wenn du sie nicht gefunden hast, dann hat sie dich gefunden.«

Dragid schüttelte vorsichtig sein Haupt, und jetzt löste sich die Perle ganz leicht aus den Algen und fiel ihm vor die Füße. Ylvia hatte recht. Die Perle war schwarz, aber in ihr leuchtete ein geheimnisvolles Licht.

3. KAPITEL

Ylvia betrachtete die Perle, die jetzt in einer Algenkette hing. Adino hatte die Fasern der Wasserpflanzen mit seinen geschickten Händen so geflochten, dass die schwarze Kugel nicht entkommen konnte. Die Perle bewegte sich nicht, und ohne das kleine flackernde Licht in ihrem Innern würde man sie kaum bemerken. »Sie sieht erschöpft aus«, meinte Ylvia besorgt. »Sie ist beinahe erloschen. Wahrscheinlich ist das der Grund für die drohende Düsternis. Wenn sie stirbt, werden die Feuer erlöschen und die Schatten sich ausbreiten. Wenn das Licht der Perle erlöscht, stirbt das Feuerland.« Den letzten Satz flüsterte sie.
Dragid schluckte schwer. Es kam ihm vor, als würde eine Gräte in seinem Hals stecken. Vorsichtig nahm er die Perle in die Hand und band Ylvia die Kette um den Hals. »Nimm du sie«, sagte er heiser, und über sein Gesicht huschte ein Lächeln. »Dir steht sie besser als mir. Was können wir sonst noch tun?«
»Ich weiß es nicht«, gab Ylvia zu. »Erst einmal müssen wir zu Otronia zurück.«

Ylvia sah in den Himmel hinauf. »Und wir sollten sofort aufbrechen!«
Dragid begriff, was sie meinte. Die Wolke über dem See sah jetzt schwarz und bedrohlich aus.
Ylvia erhob sich als Erste in die Luft. Dragid folgte ihr. Er hörte, dass Adino auf seinem Rücken beruhigend auf das Drachenkind einredete. Aber die kleine Filana plapperte fröhlich vor sich hin. Wenigstens schien sie die Gefahr nicht zu spüren.
Der Himmel verdunkelte sich, immer mehr Wolken zogen auf.
In der Ferne flackerte ein kurzes Leuchten, und es zuckten erste Blitze.
»Prima!«, rief Filana begeistert, als würde das Gewitter extra für sie veranstaltet.
Der Wind schien von allen Seiten zu kommen, und Dragid konzentrierte sich darauf, so gleichmäßig wie möglich zu fliegen. Wieder spürte er ein Ziehen in dem Mal auf seiner Stirn. Der Wind pfiff ihnen nur so um die Ohren. Erste Tropfen fielen, und die Sicht wurde trübe. Ein Blitz erhellte den Himmel einen Herzschlag lang, und Dragid strengte sich an, unter sich etwas zu erkennen. Vielleicht gab es ja irgendwo eine Höhle, in der sie unterschlüpfen und das Unwetter abwarten konnten?
Aber was er sah, gefiel ihm ganz und gar nicht.
Der Sturm hatte sie vollkommen von ihrem Weg abge-

bracht. Sie flogen über ein dichtes Dach aus Baumwipfeln.

Ohne Zweifel: Sie bewegten sich über dem Wald der Schatten!

Das Mal auf seiner Stirn brannte jetzt wie Feuer. Da bemerkte er plötzlich ein Wesen, das vor ihnen flog. War Otronias Bote zurückgekehrt? Nein, das Geschöpf gehörte nicht zu den Vogelartigen. Es hatte grüne Haare und irgendwie sah es wie ein Mensch aus. Aber Menschen konnten nicht fliegen. Was war es dann? Ein Waldgeist? Eine Elfe? Oder eine Fee? Vielleicht konnte dieses Wesen sie hier heraus- und auf den richtigen Weg führen?

Als ahnte die grünhaarige Erscheinung etwas von Dragids Gedanken, drehte sie sich zu den Drachen um und winkte ihnen zu, ihr zu folgen.

Ylvia rief etwas, aber sie war zu weit entfernt, und der Wind verschluckte ihre Worte. Dragid schlug schneller mit den Flügeln. Als er das Geschöpf eingeholt hatte, blickte er in ein blasses Mädchengesicht. Wieder spürte er das Mal auf seiner Stirn warnend pochen, aber er war viel zu aufgeregt, um darauf zu achten.

»Kannst du uns helfen?«, rief er. »Wir haben uns verirrt! Wir müssen auf schnellstem Wege zur Höhle der Drachenkönigin Otronia!«

»Folgt mir und haltet euch dicht über den Bäumen!«, antwortete die Fremde und lächelte freundlich.

Dragid nickte ihr zu. Was für ein Glück sie doch hatten, mitten in der Luft eine Fliegerin zu treffen, die sich hier auskannte! Er spürte Adino auf seinem Rücken, der sich unruhig bewegte. Dann hörte er die Stimme des Jungen an seinem Ohr. »Wer ist sie? Meinst du, wir können ihr trauen?«

»Was bleibt uns anderes übrig?«, antwortete Dragid. Er blickte sich zu Ylvia um, die ihnen in einiger Entfernung folgte. Es kam ihm vor, als

würde sie den Kopf schütteln, aber wahrscheinlich schüttelte sie sich nur das Regenwasser aus dem Gesicht.

Die Bäume unter ihnen rauschten, und die Wipfel wogten hin und her, wie Wellen in einem aufgewühlten Meer.

Einen Moment kam es Dragid so vor, als führte die Fremde sie weiter in die falsche Richtung. Aber sicher irrte er sich. Von hier oben sah ein Baum aus wie der andere.

Donnergrollen begleitete sie. Der Regen wurde stärker und härter. Die Tropfen, die Dragid ins Gesicht platschten, nahmen ihm nun beinahe völlig die Sicht.

Er konzentrierte sich darauf, den grünen Haarschopf nicht aus den Augen zu verlieren. Doch der Regen mischte sich mit dem Grün des Waldes, und plötzlich war die Unbekannte verschwunden. Dragid hielt Ausschau nach ihr, und es kam ihm vor, als würde er einen Schatten davonhuschen sehen.

»He, warte!«, rief Dragid. »Wo steckst du?«

Doch es kam keine Antwort.

»Kannst du sie noch sehen, Adino?!«

»Nein!«, rief Adino in sein Ohr. »Sie ist einfach abgehauen!«

Dragid warf einen Blick zurück, aber Ylvia flog nicht mehr hinter ihm. Dragid wendete jäh und stemmte sich gegen eine Windbö, die an seinen Flügeln zerrte. »Ylvia!«

Er hörte nichts. Nur der Regen rauschte. Dragid ließ sich ein Stück tiefer sinken. Sie konnte noch nicht weit sein. Vielleicht war er nur zu schnell geflogen. Vielleicht tauchte sie gleich auf. Angestrengt spähte er durch den Regenvorhang und rief noch einmal, so laut er konnte, ihren Namen. – Nichts.

»Da unten!«, brüllte Adino plötzlich. »Da unten leuchtet etwas!«

Dragid starrte auf die Stelle, die der Junge ihm zeigte. Tatsächlich. Ein kleiner heller Fleck schimmerte dort irgendwo zwischen den Blättern.

»Wir kommen!«, rief Dragid und flog auf den leuchtenden Punkt zu. »Halt durch, Ylvia! Wir sind gleich bei dir!«

Der Drache landete in einer gewaltigen Baumkrone auf einem starken Ast, der nur leicht unter seinem Gewicht schwankte.

Adino glitt von seinem Rücken und kletterte mit Filana im Arm in dem Wipfel umher. Dann hielt er eine Locke in die Höhe, die eindeutig aus Ylvias Fell stammte. Doch ansonsten war von der Wolfsdrachin weit und breit nichts zu sehen.

4. KAPITEL

»Fest steht, sie ist hier gelandet«, sagte Adino. Das Drachenkind umklammerte seinen Hals und jammerte ängstlich. Der Regen hatte etwas nachgelassen, aber es pfiff immer noch ein scharfer Wind. Adino betrachtete aufmerksam die Wolfszottel, dann steckte er sie rasch in einen kleinen Beutel, den er am Gürtel trug. Einen Moment kam es Dragid so vor, als wollte der Salamanderjunge etwas vor ihm verstecken. Aber warum sollte er das tun? Langsam fuhr Adino mit der Hand über einen Zweig. »Sie ist hier gelandet«, wiederholte er. »Die Blätter erzählen es.« Ohne ein weiteres Wort begann er damit, den Stamm hinunterzuklettern.

Dragid klammerte sich an dem dicken Ast fest. Wie tief ging es hinab? Sie befanden sich auf einem der höchsten Bäume. Dragid zwängte sich mit einiger Mühe durch das Dickicht der Zweige, dann ließ er sich fallen. Erst auf dem Weg nach unten breitete er schnell die Flügel aus und setzte schließlich sicher im Moos auf. Einen kurzen Augenblick später sprang Adino mit Filana auf dem Arm von einem der unteren Äste

und landete ohne Probleme neben seinem Drachenfreund. Der Salamanderjunge sah sich sofort nach Spuren um. Dragid jedoch starrte in den Wald hinein und horchte auf verdächtige Geräusche. Zweige knackten und Blätter raschelten. Sicher, das war nicht so verdächtig in einem Wald.

Das konnte der Wind sein oder ein Mauswiesel oder ein Weichhörnchen oder ein Murmeldachs. Dennoch kam es ihm vor, als würden sie beobachtet. Vielleicht waren sie schon von den Noddoks entdeckt worden? Er konnte nichts erkennen. Keinen einzigen Noddok. Dann fiel ihm ein, dass diese Wesen die Gabe besaßen, im Schatten der Bäume unsichtbar zu werden. Wie sollte er sie also erkennen können? Hatten die Kobolde etwas mit Ylvias Verschwinden zu tun?

Adino setzte Filana auf einen Haufen Laub. Dann begann er damit, Stück für Stück die Erde zu untersuchen. Sorgfältig tastete er den Boden ab und fahndete nach jeder noch so kleinen Spur.
Dragid tänzelte unruhig um den Baum herum und schüttelte seine nassen Flügel aus. »Ylvia!«, rief er noch einmal. »Ylvia, wo steckst du?!« Der Wind riss morsche Zweige mit sich. Die Regentropfen schlugen ihren Takt. Weiter weg grollte noch immer der Donner.
Dann hörte Dragid etwas, das wie leises Gekicher klang. Er lauschte angestrengt, aber das Geräusch war schon wieder verklungen. Vielleicht hatte Ylvia sich ja versteckt und trieb einen Scherz mit ihnen? Nein, das konnte nicht sein. Für solche Späße war die Wolfsdrachin zu vernünftig. Dragid spürte wieder das Piken unter dem

Mal auf seiner Stirn. Ylvia, wo bist du bloß?, dachte er verzweifelt. »Vielleicht hat sie die Orientierung verloren«, überlegte der Drache laut. »Vielleicht ist sie zwar hier gelandet, dann aber weitergeflogen – nur in die falsche Richtung.«

Adino schüttelte den Kopf. Er untersuchte gerade einen Ast, der zerbrochen war.

»Sie ist hier gewesen«, sagte er und hielt die zwei Hälften in die Höhe. »Ein Drachenfuß ist auf diesen Ast getreten. Aber . . .« Der Salamanderjunge sprach nicht weiter. Er warf Dragid einen besorgten Blick zu.

»Was ist los?«, drängte der Drache. »Sag schon! Was ist passiert?«

Adino sah ziemlich bedrückt aus. »Wie es scheint, hat hier ein Kampf stattgefunden«, erklärte er zögernd.

Wieder hörte Dragid ein Gekicher. Es kam aus dem Wipfel des hohen Baumes. Suchend starrte er hinauf, und als ein Lichtstrahl auf das Laubdach fiel, entdeckte er schemenhafte Gestalten, die von Zweig zu Zweig kletterten.

»Affen?«, fragte Adino.

Dragid schüttelte den Kopf. »Noddoks«, antwortete er.

»Die Schattenwesen?« In Adinos Stimme schwang Neugier mit. »Meine Großmutter hat mir von ihnen erzählt, als ich noch ein kleiner Junge war. Sie sollen ziemlich bösartig sein und schrecklichen Unfug anstellen. Da können wir uns wohl auf einiges gefasst machen.«

Gerade wollte Dragid ihn fragen, was er damit meinte, da hörte er einen schrillen Schrei. Zu seinem Schrecken sah er Filana von drei Noddoks umringt, die ungestüm an den kleinen Flügeln der Drachenprinzessin zerrten. Die Kobolde, die nicht viel größer waren als das Drachenkind selbst, versuchten hektisch, ihr Opfer mit sich zu ziehen. Filana wehrte sich mit Leibeskräften, kratzte mit ihren Klauen und schnappte mit ihren Zähnchen zu. Aber die Wesen wichen ihr geschickt aus. Mit einem Satz sprang Dragid Filana zu Hilfe, aber ehe er auch nur einen der Noddoks packen konnte, waren sie schon verschwunden. Aus dem Gekicher in den Bäumen wurde ein schallendes Gelächter. Die Noddoks freuten sich hämisch über die Verblüffung in den Gesichtern ihrer Besucher.

»Was habe ich dir gesagt?«, fragte Adino. »Für diese Biester sind wir das ideale Spielzeug.«

»Es ist das erste Mal, dass ich die Schattenwesen leibhaftig vor mir sehe«, murmelte Dragid. Bisher hatte er nur Geschichten über sie gehört. Und die alten Drachen hatten nicht gelogen. Die Noddoks besaßen ein plüschiges Fell, Stupsnasen, zottelige Ohren und ausgesprochen große braune Augen. Auf den ersten Blick wirkten sie sympathisch, ja niedlich. Doch in ihrem wilden Gekreische und in ihren glänzenden Blicken steckte die pure Bosheit.

Es erklang ein Geraschel und Getuschel, als würden die Noddoks direkt neben ihnen ihr Unwesen treiben. Aber

Dragid konnte nichts erkennen. Zwischen den Gewitterwolken drängten sich Strahlen der Sonne hindurch, und Dragid starrte in die Schatten hinein. »He! Wo seid ihr?!«, rief er. Irgendwie musste er einen Weg finden, sie aus ihrem Versteck zu locken. Er musste sie dazu bringen, sich zu zeigen und mit ihm zu reden. Nur von den Noddoks konnte er erfahren, was diese vorhatten, wer das grünhaarige Mädchen war und vor allem, wo Ylvia steckte.

5. KAPITEL

Plötzlich segelte etwas durch die Luft und klatschte Dragid auf die Nüstern. Verärgert schüttelte er es ab und sah zu seinem Erstaunen einen Fliegenpilz auf dem Boden liegen. Die Punkte auf dem roten Dach blickten den Drachen wie Augen an. Als Nächstes sausten Beeren auf sie zu. Rote, blaue und grüne. »He, was soll das?«, rief Dragid und hielt schützend einen Flügel über Filana.

Adino fing einige Beeren und schleuderte sie zurück in die Schatten. »Kommt raus, ihr Feiglinge!«, rief er. »Habt ihr keinen Mumm in den Knochen?«

Die Noddoks bewarfen ihre unfreiwilligen Besucher nun mit allem, was sie in die Finger bekamen: Früchte, Zweige, Tannenzapfen. Die Lianen schwangen hin und her, und als sie aus den Schatten ins Licht pendelten, bemerkte Dragid, dass an den Lianen Kobolde herumkletterten. Ohne zu zögern, empfing er sie mit einem mächtigen Schwall Wasser.

Adino lachte und klatschte Beifall. »Na, wie gefällt euch das, ihr Monsteräffchen?«, rief er. »Eine kleine Dusche für die Läuse in eurem Fell, mit einem schönen Gruß von meinem Freund Dragid Feuerherz!«

Dragid lächelte über Adinos Worte. Einen Moment war er stolz auf die seltsame Gabe, die ihn von den anderen Drachen unterschied.

Die Kobolde prusteten und husteten, und ihre Gesichter verzogen sich zu hässlichen Fratzen, ehe sie im Schatten der Bäume unsichtbar wurden.

Dragid schoss noch einen Strahl in ihre Richtung, und sie schimpften und kreischten, bis ihre Stimmen ganz heiser wurden vor Wut. »Das werdet ihr uns büüüßen! Ihr werdet euch noch wuuundern!«

Dragid hörte, dass die Noddoks sich das Wasser aus dem Fell schüttelten, und spürte ein paar Tropfen in seinem Gesicht. »Ich möchte mit euch sprechen!«, rief er. Die Noddoks schwatzten jetzt durcheinander, aber er verstand kein einziges Wort. »Schickt mir einen Boten!«, forderte Dragid und fauchte drohend.

Plötzlich war es erstaunlich still.

»Was wollt ihr von uns, Fremdlinge?«, hörte er da eine helle Stimme, die ihm bekannt vorkam. »Warum überfallt ihr uns, die überaus gütigen, überaus schönen, überaus wunderbaren Noddoks?«

Wir überfallen *euch?*, dachte Dragid verärgert. »Wir haben in dem Sturm unsere Gefährtin verloren«, erklärte er, ohne sich seine Wut anmerken zu lassen. »Wir suchen Ylvia, die

Wolfsdrachin. Aber ich bitte dich: Zeige dich doch, damit ich weiß, mit wem ich spreche.«
Wieder war es einige Momente still. Einer der Noddoks schien allerdings Schluckauf zu haben. Alles, was man hörte, war ein regelmäßiges Hicksen.
»Also gut. Ich gewähre euch die Gnade meiner Sichtbarkeit und streife den Schattenmantel von meinen Schultern«, sagte die helle Stimme. »Aber ich warne euch. Manch ein Fremdling wurde von meiner Schönheit geblendet.«
Dragid schnaufte und konnte gerade noch ein Lachen unterdrücken. Zu seiner Überraschung trat kein Kobold, sondern das grünhaarige Mädchen hinter einem Baum hervor.
»Ich bin Wanda die Wunderbare«, sagte sie hochnäsig.
»Du?«, fragte Dragid verwirrt. Da bemerkte er die Kette, die Wanda trug. In dem Algengeflecht hing die Perle des Lichts wie eine Gefangene. Sie war beinahe erloschen, nur ein winziger Schein flackerte noch in ihrem Innern. Langsam dämmerte Dragid, dass sie keineswegs zufällig im Wald der Schatten gelandet waren. »Aber ... Aber wieso ...? Wer bist du?«, brachte er heraus.
»Ein Noddok!«, antwortete Wanda. »Ich gehöre zu ihnen. Ich bin ihre Anführerin.«
Der Drache warf einen fragenden Blick zu Adino hinüber. Der Junge stand wie versteinert. »Sie hat uns absichtlich in die Irre geführt!«
»Natürlich«, sagte Wanda mit einem eisigen Lächeln. »Und

ihr Dummköpfe habt es mir wirklich leicht gemacht. Schon seit einiger Zeit bringen wir Schatten in euer Land. Ich habe höchstpersönlich einen Wolkenschatten über den See der Perlen gelegt. Das war ein ganzes Stück Arbeit, so viel kann ich euch verraten. Durch den Wolkenschatten bekam die schwarze Perle nicht mehr genug Sonnenlicht, und die Gegend wurde jeden Tag ein bisschen dunkler. Wirklich nett von euch, dass ihr die Perle für uns aus dem See gefischt habt.«

»Für euch?!« Dragid glaubte, seinen Ohren nicht zu trauen. »Die Perle des Lichts gehört den Drachen des Feuerlandes! Ihr müsst sie uns zurückgeben! Sofort!«

Wanda seufzte und verdeckte die Perle mit der Hand. »Pech gehabt, mein Lieber. Ihr werdet schon noch merken, dass wir Noddoks die Besten, die Schlauesten, die Größten sind, wenn wir Otronia entmachtet haben. Aber keine Sorge. Wir werden euch beibringen, wie Noddoks zu denken und zu handeln. Und Drachenprinzessin Filana wird euer Reich übernehmen, aber erst, wenn sie ein Noddok ist.«

»Wer bist du?«, fragte Dragid noch einmal und betrachtete das wunderliche Mädchen nun genauer. Was sie sagte, klang in seinen Ohren völlig verrückt. Dabei wirkte sie gar nicht so gefährlich, wie sie redete. Zum einen war Wanda mit ihren wallenden grünen Haaren und den blitzenden Augen tatsächlich hübsch, zum anderen sah sie aus wie …

»Meine Mutter war eine Waldfee, und mein Vater gehört zu den nichtsnutzigen Salamandermenschen«, erklärte Wanda. »Aber die wunderbaren, überaus gütigen Noddoks nahmen mich mit sich, als ich ein kleines Kind war. Sie brachten mich hierher und zogen mich als ihresgleichen auf.«

Die Mähne auf ihrem Kopf sah nur im ersten Augenblick wie Haar aus, auf den zweiten Blick erkannte Dragid, dass es Pflanzen waren, leuchtend grüne Farnblätter, die sich im Wind wogen. Über ihrem Arm bauschte sich ein schwarzer Mantel mit schwarzen Knöpfen. Bei seinem Anblick musste Dragid an den Schatten der großen Wolke denken, der auf dem See der Perlen lag. Es kam ihm vor, als würde der Mantel sich bewegen, als wäre er lebendig.

»Wanda . . .«, murmelte Adino. »Ich dachte immer, dass es dich in Wirklichkeit gar nicht gibt. Meine Großmutter hat mir von dir erzählt. Ich dachte, du bist nur eine Geschichte. Halb Fee, halb Mensch . . . von den Noddoks geraubt . . .«

»Geraubt?«, kreischte Wanda da, und zum ersten Mal sah sie Adino direkt in die Augen. »Die Noddoks haben mich befreit! Sie haben mich in den Wald geholt, da wo ich hingehöre – und sie sind jetzt meine Familie!«

»In der Geschichte, die ich hörte, ist auch von deinem Vater die Rede«, sagte Adino leise, doch unbeirrt. »Es heißt, er begab sich auf die Suche nach dir und kehrte nie zu seinem Volk zurück.«

»Schweig!«, schrie Wanda und ballte die Fäuste. Ihr Blick bekam etwas Stechendes, als würde sie am liebsten auf Adino losgehen.
Das Drachenkind reckte den Hals, um besser zu erkennen, was vor sich ging. »Fila müde. Fila fliegen, schnell weg!«
Einen Wimpernschlag lang verkrampften sich Wandas Gesichtszüge vor Wut. Dann glätteten sie sich wieder. »Sei willkommen, erlauchte Prinzessin«, sagte sie erstaunlich sanft. »Selbstverständlich ist die Tochter von Königin Otronia unser Gast und steht unter meinem persönlichen Schutz.«
»Wo Yv?«, fragte Filana Funkenflug und fauchte beunruhigt.
»Sie fragt nach unserer Freundin Ylvia«, übersetzte Dragid. »Sie vermisst sie.« Der Drache räusperte sich. »*Wir* vermissen sie«, fügte er hinzu.
»Keine Sorge, es geht ihr gut«, sagte Wanda schnell.
»Wo ist sie?« Dragid schnaufte unwillig.
»An einem sicheren Ort«, antwortete Wanda kalt. »Es lohnt sich nicht, nach ihr zu suchen. Dort wo sie ist, könnt ihr sie nicht sehen.«
Dragid runzelte die Stirn. Das, was Wanda da sagte, ergab für ihn keinen Sinn. Irgendwo musste Ylvia ja sein. Und er würde sie finden. Auch wenn das Versteck tief im Wald der Schatten lag! *Schatten*, echote es in seinem Kopf. Und all-

mählich dämmerte ihm, was Wanda meinte: Die Noddoks hatten Ylvia verschleppt – an einen Ort, der nicht zu sehen war. Angestrengt dachte er nach. Hatte er nicht einmal davon gehört, dass diese garstigen Kobolde ihre Opfer in Kerkern aus Schatten gefangen hielten? Sie benutzten ihre dunkle Gabe nicht nur dazu, selbst unsichtbar zu werden. Hatten sie Ylvia etwa in einen ihrer Schattenkäfige gesperrt?

»Wohin habt ihr sie verschleppt?«, fragte Adino unwirsch. »Und warum ist sie verletzt?«

»Verletzt?« Dragid wandte sich jäh nach ihm um.

Adino nickte. Langsam öffnete er den Beutel, der an seinem Gürtel hing, und holte die Wolfszottel hervor. »Ich habe Blutspuren gefunden«, erklärte er leise.

Wanda warf ihm einen hochmütigen Blick zu. »Dich brauchen wir hier nicht, Salamanderjunge«, sagte sie. »Du kannst gehen.« Sie wedelte mit ihrer Hand, als wollte sie eine Fliege verscheuchen. »Wir haben nur für die Drachen Verwendung.«

»Ich gehe nicht!« Adino runzelte die Stirn. »Nicht ohne meine Freunde!«

Wanda seufzte und verdrehte die Augen. »Das war keine

Frage, die ich dir stellte, Salamanderdummkopf, sondern ein *Beefeeheel*. Aber bitte, du hast die Wahl: Freiheit oder Tod.«

Aus den Schatten der Bäume traten immer mehr Noddoks hervor. Sie grinsten und kicherten, als würden sie sich nur einen Scherz erlauben. Aber sie hielten silberne Speere in den Händen und zielten damit auf Adino.

6. KAPITEL

Adinos Augen wurden zu schmalen Schlitzen. Er stand stumm da und starrte Wanda feindselig an. Wie in Zeitlupe setzte er Filana auf den Waldboden und gab ihr einen kleinen Stups. Filana schaute verwirrt zu ihm auf. »Geh schon. Geh zu Dragid«, sagte Adino leise. Zögernd lief Filana zu Dragid hinüber und kroch unter seinen Flügel.

Die Noddoks hoben drohend die Speere, während ihre Mienen sich zu Fratzen verzogen.

»Adino wird gehen«, sagte der Drache bestimmt und blickte seinem Freund ernst in die Augen.

»Das wäre also geklärt«, meinte Wanda leichthin und gab den Kobolden ein Zeichen. Dann schwang sie sich mit einem schnellen Sprung an eine Liane, die an einem dicken Ast hing, und begann zu schaukeln.

Die Kobolde murrten und quengelten verärgert, als hätte man ihnen ein Spielzeug weggenommen. Jedoch ließen sie die Speere sinken. Sich gegenseitig drängelnd und schubsend, zogen sie sich zurück und lösten sich schließlich in den Schatten der Bäume auf.

Adino trat auf Dragid zu. »Wir sehen uns wieder«, sagte er. »Schon bald.«

Die unsichtbaren Noddoks lachten schrill über die Bemerkung, als hätte der Salamanderjunge etwas außerordentlich Albernes gesagt. Doch Adino ließ sich nicht beirren und umschlang den Hals des Drachen. Dragid vernahm ein hauchzartes Flüstern an seinem Ohr. »Ich bleibe in deiner Nähe«, hörte er. Auch der feste Druck von Adinos Armen schien dem Drachen etwas zu versprechen.

Filana lugte unter Dragids Flügel hervor, und Adino küsste sie schnell auf die Stirn. Dann wandte er sich jäh ab und lief mit federnden Schritten in den Wald.

»Adi?«, fragte das Drachenkind verwundert, doch der Salamanderjunge war schon nicht mehr zu sehen.

»He, Prinzessin aus dem Feuerland!«, rief Wanda, die sich immer noch an der Liane durch die Lüfte schwang. »Willst du ein bisschen schaukeln?«

Dragid spürte, wie Filana sich neugierig ein Stück vorwagte, und drückte sie sanft an sich. Aber es war schon zu spät. Das Drachenkind schlüpfte unter seinem Flügel hervor und blickte interessiert zu Wanda auf. Das Mädchen ließ die Liane los und flog über ihnen. Ihre Flügel waren schillernd bunt, wie von einem Schmetterling.

Dragid überlegte, was er über das Reich der Feen, das an den Wald der Schatten grenzte, wusste. Nicht viel jedenfalls. Die meisten Feen wohnten im Tal der Irrlichter, oder? Die Schwirrfeen, eine der kleineren Arten, lebten am Ufer des Libellenteiches. Dort flogen sie mit den Libellen um die Wette und liefen Schlittschuh auf dem Froschlaichglibber. Die Wisperfeen hausten in den Sonnenstrahlzelten auf dem Plateau des großen Sonnenstichs, einem Felsen in einer Hügellandschaft, der seinen Namen sowohl seiner Farbe als auch seiner Größe und Höhe verdankte. Die Waldfeen lebten im Gebirge der seufzenden Felsspalten, das dicht mit Bäumen und Büschen bewachsen war und bis in den Wald der Schatten führte. Dragid stellte fest, dass er so gut wie nichts über Feen wusste, schon gar nicht über Waldfeen. Diese Wanda war jedenfalls wirklich eigenartig. Sie gab sich mit Noddoks ab und bewunderte sie auch noch. Sie hielt sich sogar für eine von ihnen und war ihre Anführerin. Doch was wollte sie von Ylvia? Und was wollte sie von ihm? Wozu brauchte sie die Drachen? Wie es aussah, hatte sie vor allem eines vor: Sie plante, das Reich der Schatten zu vergrößern.

Dragid wurde aus seinen Gedanken gerissen, als Wanda weich, beinahe lautlos, auf einem Flecken Moos landete. Sie streckte die Arme nach Filana aus. »Schaukeln?«, fragte sie.

Die Kleine sah sich zögernd nach Dragid um. Aber Wanda wartete jetzt nicht länger. Sie packte die kleine Drachin mit festem Griff, und im nächsten Moment schwang sie mit Filana zwischen den Bäumen. Dragid beobachtete das Treiben mit einigem Misstrauen. Unruhig richtete er sich zu seiner vollen Größe auf und dachte daran, was mit Ylvia geschehen sein musste. Die Kobolde hatten sie in ihre unsichtbare Welt entführt. Wie sollte er sie wiederfinden, wenn er sie nicht sehen konnte? Wie sollte er verhindern, dass auch Filana verschwand?

Das Mal auf seiner Stirn begann heftig zu klopfen, und er fühlte wieder scharfe Stiche. Vor Schmerz schloss er einen Moment die Augen. Doch was war das? Er sah die Noddoks plötzlich vor sich! Sie saßen in den Ästen und hielten wurfbereit Schlingpflanzen in den Händen. Wie merkwürdig! Träumte er? Er riss die Augen auf. Er konnte keinen einzigen Noddok sehen. Dragid schloss die Lider noch einmal, und wieder erkannte er, was sich in den Schatten abspielte. Zwei der Kobolde hockten auf dem Ast direkt über Wanda und dem Drachenkind. Ihre Köpfe bewegten sich im Takt des Schaukelns hin und her. Die anderen Noddoks, die in den Baumwipfeln versammelt waren, starrten auf ihn hinab!

7. KAPITEL

Wanda sprang mit Filana von der Lianen-Schaukel und streckte einen Arm in die Höhe. Das Getuschel und Gekicher der Noddoks verstummte sofort. Plötzlich stieß sie einen eigenartigen Laut aus, einen Ton, der so schrill klang, dass Dragids Schuppen sich aufrichteten. Im selben Moment schossen Lianen aus den Bäumen. Natürlich sah Dragid, dass es die Noddoks waren, die die Schlingpflanzen warfen, aber als er begriff, was vor sich ging, war es auch schon zu spät. Im Nu war er gefangen und gefesselt. Das ganze Koboldvolk schien an ihm zu ziehen und zu zerren.

»Stopp!«, befahl Wanda. »Ihr sollt ihn doch nicht erwürgen!«

»Was soll das?«, schrie Dragid wütend und versuchte, sich aus dem Ge-

flecht von Pflanzensträngen zu befreien. Doch je mehr er zog, desto enger wurden die Schlingen um seinen Hals. Filana strampelte wütend in Wandas Umklammerung. »Dagi!«, schrie sie und trat und biss um sich.

Wanda setzte das Drachenkind schließlich genervt auf Dragids Rücken und gab das Zeichen zum Aufbruch.

Dragid blieb nichts anderes übrig, als den Noddoks zu folgen. Die Fesseln behinderten ihn, und er versuchte, den Wurzeln auszuweichen, die aus dem Boden wuchsen und nach ihm zu greifen schienen. Er spürte, dass Filana sich, so gut es ging, an ihm festkrallte. Trotzdem wäre sie ein paarmal um ein Haar von seinem Rücken gerutscht. Aber auch auf die Äste, die plötzlich vor ihm auftauchten, musste er achtgeben. Immer wieder zog er den Kopf ein, und einmal kroch er sogar auf den Knien, um vorwärtszukommen. Eine Schar runder Pilze, die sich von ihm gestört fühlte, schoss weiße Nebelschwaden auf ihn ab, und er hustete und rang nach Luft. »Wieso legt ihr mich in Fesseln?«, beschwerte er sich bei Wanda. »Ich habe nicht die Absicht zu fliehen. Also lass mich sofort frei!«

»Das hättest du wohl gern«, zischte sie. »Denkst du, ich bin so dumm?«

Dragid starrte sie an. Ihr Gesicht war bleich geworden vor Zorn.

»Gib doch zu, dass du mich entführen willst!«, stieß sie her-

vor. Die Farnwedel auf ihrem Kopf wogten wild hin und her, als wären auch sie wütend. »Jedes Kind weiß, dass Drachen auf der Welt sind, um schöne Jungfrauen zu rauben!«
Dragid schnaubte unwillig. »Das glaubst du doch nicht wirklich?«, fragte er. Außerdem hatte die schöne Jungfrau, wie es aussah, einen Drachen entführt. Aber diesen Gedanken behielt er lieber für sich.

Wanda würdigte ihn keiner Antwort mehr. Sie stieß sich von einem Baumstamm ab und flatterte ein Stück in die Höhe.

Wütend zerrte Dragid an seinen Fesseln. Sofort richteten sich die Speere der Noddoks auf ihn. »Ich denke, du sorgst für den Schutz der Drachenprinzessin!«, rief er Wanda zu.

Das Mädchen gab den Kobolden ein Zeichen, und die Speerspitzen senkten sich. Wanda flog dicht an Dragid heran und ließ sich auf seinem Rücken nieder. »Geht's dir gut, kleine Prinzessin?«, fragte sie sanft. Filana seufzte erschöpft. »Wir sind gleich da«, sagte Wanda wieder in einem Ton, als könnte sie keiner Fliege etwas zuleide tun. Dragid hätte sie gern abgeschüttelt, aber vermutlich würde Filana zuerst hinunterpurzeln, wenn er es versuchte. »Und du, mein schuppiger Freund und Jungfrauenentführer«, zischte das Mädchen in sein Ohr. »Sei nicht so nervös. Der nächste Fehler könnte dein letzter sein.«

Dragid hörte ein Flattern über sich, und als er aufsah,

glaubte er für einen Moment zwei große Augen zu erkennen, die ihn anstarrten. Doch dann versperrten ihm Blätter und Äste die Sicht. Wahrscheinlich nur eine Eule, die von den Noddoks geweckt wurde, dachte er.

Allmählich veränderte sich der Wald. Der Boden wurde sumpfiger, und ein Bach rann zwischen den Bäumen entlang. Dragid versank bis zu den Knöcheln in dem weichen Boden. Filana jammerte auf seinem Rücken. Wahrscheinlich hatte sie Hunger und Durst.

»Lass uns ein paar Schlucke aus dem Bach trinken, Wanda!«, forderte Dragid. Wanda antwortete nicht, aber sie gab den Noddoks ein Zeichen.

Dragid ließ Filana vorsichtig von seinem Rücken rutschen. Die Kleine stürzte sofort an den Bach und trank. Auch Dragid steckte seinen Rachen tief in das klare Wasser und stillte seinen Durst. Als er eine silbergepunktete Flosse bemerkte, die eine kaum sichtbare Linie durch die Wasseroberfläche zog, schnappte er blitzschnell zu. Es war nur ein kleiner Grottentüpfler, den er da erwischt hatte, mit recht harten Schuppen, die hörbar zwischen seinen Zähnen knackten. Er wartete, bis seine Beute aufhörte zu zappeln und legte sie vor Filanas Füße. Die Kleine schaute Dragid dankbar an, dann ließ sie es sich schmecken. Dragid ignorierte seinen eigenen Hunger und blickte sich aufmerksam um. In der Ferne bemerkte er etwas Buntes, das zwischen dem grünen Blattwerk der Baumwipfel auf-

leuchtete. Vielleicht ein Papagei? Aber es war kaum vorstellbar, dass es im Wald der Schatten Papageien gab. Welches flugfähige Wesen setzte sich schon freiwillig der Nachbarschaft der Noddoks aus? Auf den zweiten Blick sah er, dass das unbekannte Ding riesig sein musste. Dragid schluckte. Das bunte Etwas wuchs, je länger er es anstarrte. Und es schwankte hin und her, als wüsste es nicht, wohin es wollte.

»Was ist das?«, murmelte er.

Neben sich hörte er ein unterdrücktes Kichern, und als er sich umwandte, traf er auf ein eigenartiges Lauern in Wandas Augen. »Woher sollte ein dummes Reptil wie du auch wissen, welchen Schatz die außergewöhnlichen, die wunderbaren Noddoks gefischt, geschnappt, gegriffen haben?«, fragte sie spöttisch.

Dragid antwortete nicht, aber Wanda schien auch keine Antwort zu erwarten. Mit einer jähen Bewegung warf sie sich den schwarzen Mantel über die Schultern und verschwand. Mit dem Mal auf seiner Stirn sah Dragid, wie sie das strampelnde, sich windende Drachenkind auf den Arm nahm, dann wurde er unbarmherzig in eine Richtung gezogen – direkt auf das unbekannte bunte Ding zu. Wohin führten sie ihn? Was geschah mit Filana?

8. KAPITEL

Wo war Filana Funkenflug? Immer wieder versuchte sich Dragid umzusehen. Soweit sein Blickwinkel reichte, konnte er weder Filana noch Wanda sehen. Sein Hals schmerzte von den Stricken, die seine Schuppenhaut wund rieben. Aber schlimmer war der Schmerz in seiner Brust: Er hatte alle verloren. Ylvia, Adino und nun auch noch die kleine Filana. Er steckte mitten in einer Horde lärmender Noddoks, die immer rücksichtsloser mit ihm umgingen. Erst bewarfen sie ihn mit Zweigen und Steinen, und dann sprangen sie wie rasend auf ihm herum. Aber Dragid merkte kaum etwas davon. Er spürte nur, dass er allein war. Nie zuvor hatte er sich so einsam gefühlt.

Eine Weile trottete er traurig in der Traube der kreischenden, sich balgenden Noddoks und hielt den Kopf gesenkt. Erst als sie plötzlich stehen blieben, blickte er auf. Direkt über ihnen schwebte das riesige bunte Ding. Es sah aus, als wäre es aus schillernden Muschelschalen zusammengesetzt, und gleichzeitig wirkte es federleicht. Dragid blinzelte über-

rascht. Das Gebilde über ihm schien aus einem wunderlichen Traum zu stammen. Es hatte Türen und Fenster und sogar einen Turm auf dem Dach, doch es war farbig wie ein Schmetterling und es schwebte wie eine Wolke. Außerdem erkannte er, dass es Lianen waren, die das bunte Etwas festhielten und am Wegfliegen hinderten. Wie er selbst schien das Wolkenhaus gefesselt zu sein!

»Na, was sagst du, Schuppenechse?«, fragte Wanda, die wie aus dem Nichts vor ihm stand. »Ist er nicht prächtig, unser Palast?«

»*Euer* Palast?«, fragte Dragid. »Gehört alles, was ihr gefesselt habt, euch?«
»So ist es«, gab Wanda schnippisch zurück. »Aber sei froh, dass wir dich auf diese Weise gefangen halten. Wir könnten dir auch die Flügel abschneiden, damit du nicht mehr fortkommst.«
Dragid war stumm vor Zorn. Wäre er nicht gefesselt, würde er ihr die Perle des Lichts vom Hals reißen und anschließend ihr grünes Farnhaar vertilgen. Allerdings gehörte Farn nicht gerade zu seinen Lieblingsspeisen. »Wo ist die Drachenprinzessin?«, knurrte er.

»Keine Sorge, es geht ihr prächtig«, sagte Wanda und lachte laut. »Ihr habt die Ehre, uns, den wunderbaren Noddoks, dienen zu dürfen. Und wir behandeln unsere Diener gut, das heißt, mit der gebotenen Herablassung, aber es wird euch an nichts fehlen.«

»Was willst du von uns?«, fragte Dragid.

»Oh, nicht viel«, gab Wanda mit einem breiten spöttischen Grinsen zurück. »Du wirst von mir höchstpersönlich zum Wächter des fliegenden Palastes ernannt. Mit seiner Hilfe werden wir überall unsere Schatten verteilen. Zwar wird die Düsternis ohnehin nicht aus eurer Heimat weichen, solange die Perle des Lichts ihre Kraft nicht wiedererlangt hat – und dafür werde ich schon sorgen. Doch wir bringen unsere Schatten nicht nur ins Feuerland, auch in die blaue Wüste wollen wir mit eurer Unterstützung vorrücken. Du wirst uns begleiten, damit die Salamandermenschen nicht ihre Pfeile auf uns schießen. Ylvia behalten wir als Pfand, damit du deiner Aufgabe auch gewissenhaft nachkommst. Anderenfalls könnte das Blut der Wolfsdrachin leicht vergossen werden. Später, wenn Drachenprinzessin Filana ein richtiger Noddok ist, wird sie Königin von Feuerland werden. Vorausgesetzt, ihr verhaltet euch so, wie wir es von euch erwarten. Ich hoffe, ich drücke mich klar genug aus für deinen Reptilienverstand.« Sie hob die Hand und schnipste mit den Fingern. Im Nu sprangen überall Noddoks herum, und ehe sich Dragid versah, legten sie ihm weitere Fesseln an und verknüpften sie mit Lianen, die von dem Wolkenhaus hinabhingen. Dragid dachte daran, sich mit einem kräftigen Wasserstrahl gegen die Kobolde zu wehren. Aber er stand wie erstarrt. Gefangen zu sein und nicht fliegen zu können, war das Schlimmste, was ihm passieren konnte. Er sandte Wanda einen wütenden Blick, aber sie erhob sich ohne ein weiteres Wort in die Lüfte und flog davon. Dragid starrte zu dem Palast hinauf, und einen Moment sah er ganz oben auf dem Turm eine große schwarze Gestalt. Doch da versperrte ihm eine Gruppe Noddoks, die sich von den Lianen und aus den Baumwipfeln hinabließen, die Sicht. Dragid spürte die Wut wie eine heftige Windbö, und mit einer jähen Bewegung versuchte er, sich von seinen Fesseln zu befreien. Die Kobolde schrien und lachten und näherten sich ihm vorsichtig. Dragid schoss einen Strahl Wasser auf sie ab. Die Noddoks schüttelten sich wie nasse Hunde und fluchten, doch wagten sie nicht, näher zu kommen. Schließlich zogen sie sich zurück und verschwanden im Schatten der Bäume. Als es still wurde, schloss Dragid die Augen. Das Mal auf der Stirn zeigte ihm, dass er allein war. Die Noddoks hatten sich verzogen. Dragid lächelte grimmig über die Dummheit der Kobolde. Offenbar glaubten sie nicht, dass es nötig war, ihn zu bewachen. Wahrscheinlich meinten sie, dass er den Befehlen ihrer Anführerin ohne Widerstand folgen würde. Immerhin hatten sie die Drachenprinzessin und die Wolfsdrachin in ihrer Gewalt. Dragid zerrte an seinen Fesseln. Wie sollte er Ylvia und Filana finden, wenn er hier an ein Wolkenhaus gefesselt herumstand? Er musste sich so schnell wie möglich befreien! Und was hatte es überhaupt mit diesem fliegenden Palast auf sich? Je länger Dragid hinaufsah, desto seltsamer fühlte er sich. Ein merkwürdiger Sog ging von dem schwebenden Schloss aus. Es kam ihm

vor, als würden ihn die Fenster anstarren und als würden die Türen stumm um Hilfe rufen. Wer war die Gestalt, die er auf dem Turm gesehen hatte?

Plötzlich bemerkte Dragid einen Luftzug dicht an seinem Ohr und dann eine leichte Berührung. Gerade wollte er den Kopf schütteln, denn er befürchtete, dass es ein Moskito war, der ihn stechen wollte. Und die Moskitos im Wald der Schatten waren beinahe so groß wie Ratten und besonders gierig. Da hörte er eine Stimme, die ihm bekannt vorkam.

»Feigen?«, fragte die Stimme.

»Godo?«, fragte Dragid erstaunt zurück, und fast freute er sich, als er den Flughund erblickte. Dabei war Godo alles andere als ein Freund. Er war ein gieriges, stets hungriges Tier, das am liebsten Kaktusfeigen fraß. Godo diente dem schrecklichsten Wesen, das Dragid kannte: Ugor dem Ersten, dem Basilisk und Schlangenkönig, der das goldene Drachenei, in dem die kleine Filana heranwuchs, aus der Höhle Otronias geraubt hatte.

»Was macht du denn hier?«, fragte er den Flughund.

»Godoflodos Geheimnis«, antwortete das Tier wichtigtuerisch. »Godoflodo verfolgt Spur.«

»Sooo«, sagte Dragid gedehnt.

»Eine einzige Spur oder mehrere Spuren? Kleine oder große? Viele oder wenige? Weißt du, wo du finden kannst, wonach du suchst? Und wer hat dich geschickt?«

Godo blinzelte verwirrt. »Zu viele Fragen«, stellte er fest.

»Du hast recht«, gab Dragid zerknirscht zu. »Aber eine Frage kannst du doch beantworten?«

Der Flughund leckte sich das Mäulchen. »Feigen?«, fragte er.

Dragid nickte unbestimmt. »Ich weiß eine Stelle, an der es besonders saftige gibt. Aber verrate mir zunächst: Suchst du die Drachenprinzessin?«

Godo schüttelte so schnell den Kopf, dass Dragid wusste, dass er richtig geraten hatte. Dragid seufzte geräuschvoll.

»Dann schickt dich also nicht Ugor der Erste, der mächtige Basilisk?«

Godo schüttelte den Kopf jetzt noch schneller.

Dragid zwang sich zu einem Lächeln, obwohl ihm ein Schauer über den Rücken lief. Nur mit Herzklopfen erinnerte er sich an die tödliche Gefahr, der er und seine Freunde auf der Suche nach dem gestohlenen Ei ausgesetzt waren. Als er den Basilisk das letzte Mal gesehen hatte, stand der zu Stein erstarrt in der Höhle des Schwarzen Berges! Dass ausgerechnet Godo hier auftauchte, Spion und Helfershelfer dieses grauenhaften Wesens, war alles andere als ein gutes Zeichen.

»Dann besuchst du also das Volk der Noddoks?«, tastete

sich der Drache vor. »Ich hoffe, sie bewirten dich gut mit den Früchten des Waldes?«

»Noddoks schenken Godoflodo keine Feigen!«, stieß der Flughund mit echter Empörung aus. »Noddoks haben Godoflodo gefangen und in einen Schattenkäfig gesteckt!«

»Aber schlau, wie du bist, konntest du dich befreien?«, hakte Dragid nach.

Der Flughund grinste und schlug stolz mit den Flügeln. Der Drache sah etwas auf der Brust des Tieres glänzen. Die Feder! Die magische Feder des Basilisken!

Godo besaß sie also noch.

»Einen hübschen Schmuck trägst du da«, murmelte Dragid beiläufig.

»Hübscher Schmuck?! Pah!« Die gelben Ohren des Flughundes flatterten vor Entrüstung. »Feder zaubert Schatten zu Licht und macht sogar Stein lebendig!«

»Stein lebendig?«, zweifelte Dragid. »Jetzt übertreibst du aber.«

»Übertreibst? Übertreibst? Ugor der Erste ist . . . ist . . .« Godo brach ab. Seine Augen glänzten furchtsam. Aber Dragid hatte genug gehört. Der Basilisk lebte!

9. KAPITEL

Wieder schloss Dragid die Augen und starrte mit dem Mal auf seiner Stirn tief in die Schatten hinein. Er konnte keinen einzigen Noddok erkennen. Vielleicht war es ja der wilden Horde auch einfach nur zu langweilig, auf ihn aufzupassen.

Höchste Zeit, sich zu befreien! Zuerst zerrte er an den Schlingen, die sich um seine Beine wanden. Die Pflanzenfasern lagen dick und schwer um seine Fußgelenke. Dragid zog mit der Wut des Verzweifelten an ihnen. Doch sie lockerten sich kein bisschen, im Gegenteil! Sie zogen sich immer enger zusammen. Jetzt spannte Dragid all seine Muskeln an. Mit einem einzigen wütenden Ruck riss er die Fasern auseinander. Dann benutzte er, so schnell er konnte, die Schärfe seiner Krallen, um sich von den übrigen

Fesseln zu befreien. Liane um Liane fiel von ihm ab. Nur die Schlinge um seinen Hals war besonders eng. Ihm traten Schweißperlen auf die Stirn. Ohne dass er sehen konnte, was er tat, schnitt er den Strick mit seiner schärfsten Kralle Stück für Stück auf. Schließlich landete auch diese letzte Fessel auf dem Boden des Waldes. Ein paar Pflanzenfasern klebten noch an seinen Schuppen, und Dragid schüttelte sich, bis sie in alle Richtungen flogen.

Godo flatterte um ihn herum wie ein aufgescheuchtes Huhn. »Die Noddoks werden Steine auf dich werfen und klebrigen, stinkenden Koboldkot«, plapperte der Flughund. »Die Noddoks werden dich beißen und dir die Augen auskratzen!«

Dragid achtete nicht auf die düsteren Prophezeiungen des Tieres. Mit einem einzigen kräftigen Schlag seiner Flügel hob er sich in die Höhe. Wie gut tat es zu fliegen! Auch wenn er nicht einfach davonrauschen konnte, er spürte den Wind wie einen Freund, der ihn willkommen hieß.

Der bunte Palast schien auf ihn zuzuwehen, und wieder kam es Dragid so vor, als hätte er es mit einem lebendigen Wesen zu tun. Die Eingänge hatten von unten betrachtet kleiner ausgesehen, als sie in Wirklichkeit waren. Ja, das Tor, auf das er jetzt zuflog, wuchs, je näher er ihm kam. Da verwunderte es ihn kaum noch, dass er in den Palast tauchen konnte wie in eine Wolke. Als Erstes fielen ihm die Farben der Wände auf. Sie waren so grell und kräftig, dass es in seinen Augen brannte und er eine ganze Weile blinzeln musste. Doch kaum hatte er sich an den Anblick gewöhnt, als er bemerkte, dass die Farben sich bewegten. Sie bildeten runde wabernde Formen, die mal in die Höhe, mal in die Tiefe glitten, mal zur einen Seite, mal zur anderen. Das Blau schwappte zum Rot, und das Rot zog sich zurück und berührte das Gelb. Das Gelb zerlief wie ein aufgeschlagenes Ei und tropfte in das Grün hinein wie in eine Wiese. Das Grün flüchtete auf den frei gewordenen Platz des Blaus. Und so ging es immer weiter. Dragid wurde etwas schwindlig. Sein Blick suchte nach einem Halt, als er auf einmal halb verdeckt hinter einem lila-türkis-orange gefleckten Pfeiler die schwarze Gestalt entdeckte. Der alte Mann trug einen schwarzen Mantel, der bestickt war mit augapfelgroßen Perlen. Sein Gesicht, sein Haar und sein Bart schimmerten weiß wie frisch gefallener Schnee. Er trug einen schwarzen Zylinder, der flüchtig betrachtet wie ein normaler Hut aussah. Aber als Dragid genauer hinschaute, bemerkte er, dass die Kopfbedeckung des Mannes zu leben schien. Der Hut bestand aus unzähligen schwarzen Spinnen, Käfern und Würmern, die sich gegenseitig hin und her zu drängen schienen, dennoch veränderte der Zylinder nie seine Form. Angewidert und fasziniert zugleich, betrachtete Dragid dieses Schauspiel.

»Sieh an, ein Drache«, sagte der Mann in einem eigenartig schnarrenden Singsang. »Was für ein seltener Besuch! Sei willkommen in meinem Palast!« Der Mann machte eine einladende Geste mit seinen weißen dürren Händen. Auch wenn das Gesicht des Unbekannten ernst und ohne ein Lächeln blieb und plötzlich eine Spinne vor seiner bleichen knochigen Nase baumelte, hatte Dragid nicht das Gefühl, dass von ihm eine Gefahr ausging. Eher wirkte der Mann gebrechlich wie ein morscher Ast. »Gestatte mir, mich vorzustellen: Mein Name ist Lesovarnea, dritter Magier aus dem Land hinter dem Regenbogen.«

Dragid nickte, als wüsste er Bescheid. Das Land hinter dem Regenbogen ... Lag es nicht jenseits des Meeres der Schäume? Vorsichtshalber deutete er eine Verbeugung an. Magiern musste man Respekt erweisen. Die Macht eines Magiers zu unterschätzen, konnte ein tödlicher Fehler sein. Auch wenn der alte Mann eher harmlos wirkte, so hatte er doch seinem Palast das Fliegen beigebracht.

»Wie ich sehe, trägst du das heilige Zeichen des Regenbogens auf deiner Hand«, sagte der Magier. »Und das dritte Auge auf deiner Stirn lässt dich Dinge sehen, die anderen verborgen bleiben, nicht wahr?«

Dragid schwieg verblüfft. Das dritte Auge? Das war es also! Ein drittes *Auge*.

»Entschuldige bitte den Aufruhr der Farben«, sagte der Magier mit seiner knarrenden Stimme. »Meist sind sie ruhiger und bleiben auf ihren Plätzen. Doch der Palast ist über seine Gefangenschaft alles andere als erfreut.«

»Wie seid ihr hierhergeraten?«, fragte Dragid.

»Wir waren unterwegs«, berichtete Lesovarnea. »Wir flogen über das Meer der Schäume und planten unsere Reise bis zum Meer der Träume. Wie du sicher weißt, verbindet der große Regenbogen eure Welt mit unserer. Doch Schat-

ten unterbrachen sein Licht, und die Farben konnten nicht mehr zu uns fließen. Aber in unserem Land können wir ohne frische Farben nicht leben. Wir brauchen sie wie die Luft zum Atmen, und sie brauchen uns. So brachen wir also auf, um in der Blauen Wüste und im Feuerland nach neuen Farben zu suchen. Schließlich wehte uns Wandas Sturm in die Wipfel dieses Waldes.«

Die Spinne krabbelte jetzt über die Nase des Mannes zurück, hinein in den lebenden Hut, doch den Magier schien das nicht zu kümmern.

»Die Kobolde wüteten in den Sälen herum, zerkratzten Farben, zerschlugen Spiegel, Vasen und Möbel, bis der Palast sie mit letzter Kraft ausspucken konnte. Das Weib mit den grünen Haaren wurde wütend darüber und wies das garstige Volk an, uns in Fesseln zu legen.« Feine Falten zogen sich über das Gesicht des Mannes, als würde seine Haut plötzlich vertrocknen. »Nicht nur Wandas Sturm hat uns in diese unselige Lage gebracht. Auch meine nachlassenden Kräfte, fürchte ich.« Der Magier seufzte tief und kummervoll. »Zweihundertfünfundfünfzig bin ich nun schon, falls ich mich nicht verrechnet habe. Irgendwann hört man auf, die Jahre zu zählen. Aber was rede ich über mich, willst du mir nicht etwas über dich verraten?«

»Ich bin Dragid Feuerherz, ein Drache aus dem Feuerland. Auch unsere Heimat wurde vom Nichtlicht verdunkelt.«

Lesovarnea nickte, und in seinen Augen schimmerte ein Wissen, als hätte er gerade nichts Neues erfahren.
»Ich habe meine Gefährtin Ylvia während des Sturms verloren und bin auf der Suche nach ihr. Sie trug die Perle des Lichts. Solange diese Perle leuchtet, wird das Feuerland vor den unheilvollen Schatten der Noddoks geschützt. Doch Wanda hat sie uns geraubt, das Licht ist fast erloschen, und das Feuerland ist in großer Gefahr. Außerdem suche ich auch nach der Tochter unserer Königin. Ich bin der Hüter der jungen Drachenprinzessin Filana.« Den letzten Satz flüsterte Dragid, so sehr schämte er sich über sein Versagen.
»Wir haben schon eine Weile auf deine Ankunft gewartet. Ich habe den Farben erzählt, dass du kommen würdest. In einem Traum sagte mir eine Stimme: ›In Zeiten der Not wirst du ihm begegnen, dem Träger des Regenbogens mit dem dritten Auge.‹ Der Traum sagte allerdings nicht, dass du ein Drache bist.« Zum ersten Mal zeigte sich etwas wie ein dünnes Lächeln im Gesicht des Magiers. »Aber ich bin hocherfreut über diese Tatsache. Nun eile dich, deine Gefährten und die Perle des Lichts aufzuspüren, damit wir mit gemeinsamer Kraft so schnell wie möglich von hier verschwinden können!«
Dragid zögerte. Der alte Mann hatte gut reden. Wie sollte er seine Freunde bloß finden?
»Entdecke das, was verborgen ist«, sagte der Magier mit

Verwunderung in der Stimme, als würde er Dragid etwas Selbstverständliches sagen. »Nutze das dritte Auge. Und vertraue der wärmenden Kraft des Regenbogens.«
Dragid warf noch einen verwirrten Blick in das lebendige Gewirr auf dem Kopf des Magiers, dann sauste er an den wabernden Farben vorbei, die nach ihm zu züngeln schienen, aus dem Tor hinaus und schlug energisch mit den Flügeln.

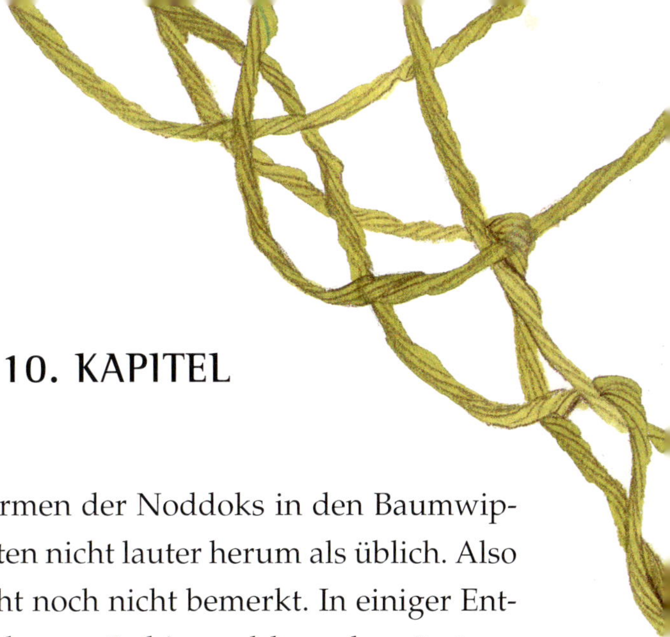

10. KAPITEL

Dragid hörte das Lärmen der Noddoks in den Baumwipfeln, aber sie krakeelten nicht lauter herum als üblich. Also hatten sie seine Flucht noch nicht bemerkt. In einiger Entfernung flatterte Godo nervös hin und her, als wüsste er nicht, welche Richtung er einschlagen sollte. Dragid flog schnurstracks auf ihn zu, und ehe der Flughund begriff, was vor sich ging, hing er schon zappelnd in den Klauen des Drachen. »Godoflodo nichts getan!«, beschwerte sich der Flughund. Aber Dragid hatte keine Zeit für Diskussionen. Er packte Godo nur etwas härter am Nacken. »Zeig mir die Schattenkäfige!«, forderte er barsch.

»Schattenkäfige unsichtbar!«, entgegnete Godo. »Gefangene unsichtbar!«

»Was hast du gesehen? Woran erinnerst du dich?«

»An nichts«, lautete die bockige Antwort. »Godoflodo hat Schmerzen!«

»Wenn du mir weiterhilfst, lass ich dich los«, versprach Dragid.

»Kalte Wand aus Stein«, jammerte der Flughund.

»Ein Felsen?«, hakte Dragid nach.

»Kalte Wand«, wiederholte Godo. »Kalte Füße. Kalte Nase. Godoflodo hat gezittert.« Der Flughund nieste heftig. Der Drache spürte, dass das Tier auch jetzt zitterte. Aber er empfand kaum Mitleid. Ohne Zweifel war Godo als Spion des Basilisken unterwegs und sollte herausfinden, wo Filana Funkenflug steckte. Vielleicht wusste Godo ja bereits, wo Wanda sie verborgen hielt?

»Versprichst du, mir den Weg zu zeigen, wenn ich dich loslasse?«

Godo stieß einen quiekenden Laut aus, der wie ein klägliches Ja klang.

Sie flogen niedrig, nicht weit über dem Erdboden, und Dragid musste sich darauf konzentrieren, den Bäumen und Büschen auszuweichen. Einmal umkreiste er eine Gruppe gefleckter Leopardenbäume, die knurrten, als er ihnen zu nahe kam. Dragid hielt sich dicht hinter Godo, obwohl es ihm schließlich schien, als wäre der Flughund genauso orientierungslos wie er selbst. Mal flog er in die eine, dann wieder in die andere Richtung. Dabei plapperte er beinahe unentwegt vor sich hin: »Godoflodo findet Weg! Godoflodo schlaues Kerlchen! Godoflodo großen Hunger. Noddoks verstecken sich in Schatten wie satte Ratten. Godoflodo ist Dichter sogar, schlaues Kerlchen!«

Zu einem anderen Zeitpunkt hätte Dragid das Geschwätz

vielleicht lustig gefunden, doch im Moment war ihm nicht nach Lachen zumute.

Plötzlich erhob sich vor ihnen ein Gebirge mit steilen Felswänden. Es schien, als wäre hier die Welt zu Ende oder jedenfalls der Wald der Schatten. Hinter den Bergen begann das Reich der Feen, in das sich auch die Noddoks selten wagten, denn die Mächte der Feen waren so verschieden und unberechenbar wie die Feen selbst.

Gerade als Dragid daran dachte umzukehren, fiel ihm ein grauer Felsen auf, der wie eine riesige Kralle in die Luft ragte. Dragid schloss die Lider und tastete die Schatten mit dem Blick seines Mals ab. Nichts zu sehen. Nicht einmal ein Noddok. Doch dann bemerkte er, dass die Schatten ungewöhnlich tief lagen, als würden sie hinab in den Boden führen. Dragid betrachtete den Felsen genauer. Er glänzte gläsern. Offenbar war das Gestein von Eis überzogen.

»Kalte Füße«, murmelte Godo und schüttelte sich. »Kalte Füße, kalte Nase.«

Als er näher kam, bemerkte Dragid, dass der Felsen von unten gespalten war, als hätte ein Erdbeben ihn auseinandergerissen. Mit eng anliegenden Flügeln zwängte sich Dragid in die Kluft. Das Gestein war scharfkantig und eisig kalt. Der Drache kam nur mühsam voran und zog den Bauch ein und machte sich so dünn wie möglich. Dennoch fürchtete er, stecken zu bleiben. Was sollte dann aus ihm werden? Er würde erfrieren! Deutlich spürte er die Spitzen

der Eiszapfen auf seiner Haut. Es war, als hätte der Felsen Zähne, scharfe, gefährliche Zähne. Ein besonders großer Eiszacken versperrte ihm den Weg. Ohne darüber nachzudenken, streckte Dragid die Klaue nach ihm aus. Verblüfft sah er, dass der Regenbogen auf seiner Hand sich veränderte. Er verwandelte sich in einen Drachen! Ein winziger

Feuerstrahl zischte aus seinem Rachen. Der Eiszapfen schmolz im Nu, und Dragid dachte flüchtig an die Worte des Magiers über die wärmende Kraft des Regenbogens. Ein Gefühl der Zuversicht erfüllte ihn. Entschlossen schob er sich nun vorwärts. Im nächsten Moment hörte er seinen Namen. Die Stimme klang schwach und leise, aber er erkannte sie trotzdem. Er sah eine Schlucht vor sich, und als er die Augen schloss, begriff er allmählich, was sich in den dunklen Ecken der Felswände befand: die Schattenkäfige! Ein Schauder lief ihm den Rücken hinab bis zur Schwanzspitze. Dann rief Ylvia noch einmal seinen Namen.

Gleich im ersten Käfig lag sie gefesselt und hob mühsam den Kopf. »Ich bin hier!«, rief sie.

»Ich weiß«, antwortete Dragid leise. »Ich kann dich sehen.«

Trotz ihrer Fesseln erhob sich die Wolfsdrachin und stieß eine kleine Willkommensflamme aus. Tränen schimmerten in ihren Augen und gleichzeitig lächelte sie.

Plötzlich bewegte sich etwas unter einem Blätterhaufen, und dann zeigte sich das Gesicht der Drachenprinzessin.

Filana blinzelte und schüttelte sich das Laub von den Schuppen. »Dagi. . .?«, fragte sie ungläubig.

Dragid fühlte sein Herz pochen. Er musste zu ihnen! Sofort! Mit einem Satz sprang er gegen das Schattengitter – und spürte vollkommen unerwartet einen dumpfen Schmerz. Er biss die Zähne zusammen und versuchte es gleich noch einmal. Aber der Käfig gab nicht nach. »Hinter dir«, flüsterte Ylvia.

Dragid wandte sich blitzschnell um, aber außer Godo, der über seinem Kopf flatterte, konnte er nichts Besonderes erkennen. »Die Feder!«, rief Ylvia.

Mit einer jähen Wendung drehte Godo ihnen den Rücken zu und steuerte den Felsspalt an, durch den sie gekommen waren. Als er das Schlupfloch beinahe schon erreicht hatte, packte ihn Dragid. »Hiergeblieben, Freundchen!«

Der Flughund zappelte und strampelte aus Leibeskräften. »Godoflodo Hunger! Godoflodo weg!«, krächzte er. »Godoflodo frische Feigen!«

Dragid umschloss die Feder mit seiner Klaue und riss sie mit einem einzigen Ruck an sich. Dann ließ er den Flughund los, doch Godo kreischte vor Zorn. Kurz sah es so aus, als wollte er Dragid angreifen, aber im nächsten Augenblick überlegte er es sich anders und raste wie ein Pfeil durch das Loch in dem Felsen.

Dragid flog mit der Feder auf den Schattenkäfig zu, und diesmal gab das dunkle Gitter nach. Ja, es löste sich auf und

machte einem nebligen weißen Licht Platz, das wie eine Wolke auf ihn zuschwebte. »Geht es euch gut?«, erkundigte er sich besorgt.
»Gut«, antwortete die Drachenprinzessin. »Dagi, fliegen?«
»Ja«, versprach Dragid. »Wir werden fliegen.« Er musterte Filana prüfend. Sie sah müde aus, doch ansonsten schien ihr nichts zu fehlen. Dann befreite er Ylvia in Windeseile von ihren Fesseln.
»Ich wusste, dass du kommen würdest«, sagte die Wolfsdrachin. Ihre Stimme klang leise und erschöpft, aber ihre Wolfsaugen leuchteten ihm mit ungebrochener Kraft entgegen.
Dragid stupste Ylvia sanft mit dem Kopf an, einen Moment standen sie Wange an Wange, dann trat er einen Schritt zurück und schaute ihr in die Augen. »Bist du bereit? Kannst du fliegen?«
»Ich denke schon.« Ylvia schlug wie zur Probe mit den Flügeln. Dabei verzog sie schmerzvoll das Gesicht.
Dragid deutete auf die verschorften Stellen an ihrem Hals und dem rechten Ohr. »Was ist passiert?«
»Nachdem Wanda uns tiefer in den Wald der Schatten gelockt hatte, brachte mich eine unbekannte Kraft von meiner Flugbahn ab. Irgendetwas packte mich, sodass ich ins Trudeln geriet. Später begriff ich, dass Wanda mich angegriffen hatte. Ich konnte sie nicht sehen, weil sie in dem Schattenmantel gehüllt flog, der sie unsichtbar macht.«

Dragid nickte Ylvia zu. »Was geschah dann?«
»Als ich auf einem Baum landete, haben die Noddoks, diese kleinen Biester, mich überfallen, mich gebissen und gekratzt. Natürlich habe ich mich gewehrt, so gut ich konnte.« Ylvia bleckte ihre Wolfszähne und stieß einen grollenden Ton aus der Kehle. »Doch Wanda hat die Gelegenheit genutzt, mir die Perle des Lichts zu stehlen. Das war von Anfang an ihr Plan. Indem sie uns das Licht raubt, will sie Noddoks aus uns machen, Wesen mit Schatten im Herzen.«
Dragid spürte eine eiskalte Wut in sich. »Lass uns so schnell wie möglich von hier verschwinden!«
Doch Ylvia schüttelte den Kopf. »Sieh dir all diese armen Kreaturen an«, sagte sie. »Wir müssen die Käfige öffnen, bevor die Noddoks zurückkommen!«
Mit einem Mal hörte Dragid es quieken und quaken, krächzen und ächzen, blöken und tröten. Er schloss die Augen. Erst jetzt nahm er wahr, wie viele Geschöpfe hinter den Schattengittern gefangen saßen. Von dem Mal auf seiner Stirn geführt, ging er von Verlies zu Verlies und nutzte die Macht der Feder. Überall löste sich das Schwarz in ein nebliges Licht auf, und die seltsamsten Wesen kamen zum Vorschein. Krauskopfmakis und Riesentausendfüßler, Springböcke und Rotbauchstinktiere, sogar ein Einhorn und ein Zentaur tauchten aus den weißen Lichtschleiern, liefen an den Drachen vorbei und schlüpften durch den

Felsspalt in die Freiheit. Eine Familie Sumpfmeerschweine rannte eine Weile ratlos im Kreis herum, ehe sie den Ausgang fand. Ein Doppelschwanzkakadu verlor vor lauter Aufregung über seine Befreiung ein paar feuerrote Federn. Ein Baumsängerfrosch sprang mit einem gewaltigen Satz auf Dragids Hand, genau auf das Regenbogensymbol, und sang mit seiner quakenden Stimme:

»Die Noddoks hielten uns in Schatten,
Frösche, Mäuse und auch Ratten,
Einhörner, Zentauren, Wanzen,
es gab hier keinen Grund zu tanzen.
Jetzt müssen wir uns schnell verstecken,
bevor die Noddoks uns entdecken!
So ist die Rede nicht sehr lang,
doch dir, Herr Drache, gebührt mein Dank!«

Der Frosch verbeugte sich elegant, bevor er zum Sprung ansetzte.
»Viel Glück, mein quakender Freund«, rief Dragid ihm etwas verblüfft nach.
»Er hat recht«, sagte Ylvia leise. »Du hast uns alle gerettet.«
Als Dragid ihrem Blick begegnete, stieg ein warmes Gefühl in ihm auf. Er räusperte sich verlegen. »Weißt du, wie wir hier rauskommen können?«
»Es gibt zwei Möglichkeiten«, sagte die Drachin und legte einen Flügel schützend um Filana. »Entweder steil hinauf

zwischen den Wänden der Schlucht oder ...« Ylvia deutete auf das Loch in dem Felsen.
»Wir fliegen!« Dragid verspürte nicht die geringste Lust, sich noch einmal durch den engen Spalt zu zwängen. »Fliegen!«, stimmte Filana erfreut zu.
»Nicht so eilig!«, rief da eine Stimme, die kälter war als Eis. »Glaubt ihr etwa, ich würde euch einfach so ziehen lassen?« Wanda sauste in wilden Kreisen über ihnen, und ihr Gesicht war lila angelaufen vor Wut.
Von den Felsen herab glänzten die silbernen Speere der Noddoks.

11. KAPITEL

Einen winzigen Moment lang wunderte Dragid sich, wie still, ja lautlos, die Noddoks sich auf die Felsen geschlichen hatten, da schoss Wanda plötzlich auf ihn herab. Blitzschnell breitete er seine Flügel aus, um Filana und Ylvia vor der Angreiferin zu schützen, als die Waldfee mit voller Wucht auf ihn stieß. Dragid taumelte überrascht. Wie mutig, frech und dumm Wanda doch war! Sie klammerte sich mit eiserner Kraft an ihm fest, und er spürte ihre spitzen Nägel wie Schlangenbisse. Dann umhüllte ihn die Finsternis wie ein schwarzes Tuch. Dragid brauchte einen Augenblick, um zu begreifen, dass die Anführerin der Noddoks sich in ihrem Schattenmantel über ihn geworfen hatte. Mit wütenden Bewegungen versuchte er, Wanda abzuschütteln, aber sie klebte an ihm, als wäre sie zu seinem Schatten geworden. Er schloss die Augen, um mit dem Mal auf seiner Stirn etwas zu erkennen. Aber es blieb finster. Es kam ihm vor, als blickte er in eine tiefe Höhle. Doch da glomm ein schwaches Licht wie ein Stern am Nachthimmel. Nur dass dieser Stern direkt vor seinen Augen flirrte. Der Lichtschein flackerte, als könne er jeden Moment erlöschen. Die Perle! Die Perle des Lichts! Ohne darüber nachzudenken, schnappte Dragid zu. Er spürte etwas Rundes auf seiner Zunge. Die Perle rollte in seinem Rachen hin und her, und er konnte ihre Verwirrung spüren. Gleichzeitig fühlte er, dass eine warme Kraft in seine Glieder fuhr und sich von den Flügelspitzen bis zu den Krallen in ihm ausbreitete. Mit einer einzigen mächtigen Bewegung schleuderte er Wanda von sich.

Sie wirbelte durch die Luft und drehte sich wie ein Tornado in die Höhe. Dabei rutschte ihr jedoch der schwarze Mantel von den Schultern und sackte in die Tiefe.

Die Noddoks empfingen ihre Anführerin mit lautstarkem Gejohle, als hätte sie einen Sieg errungen. Wanda ließ sich auf einem Felsvorsprung nieder und blickte feindselig auf Dragid hinab. Einen Moment maßen sich die beiden mit stummen Blicken. »Ihr werdet der Macht der Schatten nicht entkommen, geschuppte Echsen!«, rief sie schließlich höhnisch. »Von euren Vulkanen bleibt nur Asche! Statt Feuer zu speien, werden die Drachen am Ruß ersticken! Die Perle des Lichts ist so gut wie erloschen!« Sie tastete nach der Algenkette und stieß unvermittelt ein so gellendes Geheul aus, dass sogar die Noddoks sich die Ohren zuhielten.

Dragid zögerte nun nicht länger. Auf der Suche nach einem Schutz für das Drachenkind griff er hastig nach dem Schat-

tenmantel und warf ihn über Filana. Mit Ylvia wechselte er nur einen einzigen Blick – und hoffte, dass sie verstand.
Dragid hielt das Drachenkind fest umklammert, während er nach oben flog. Gleichzeitig versuchte er, Ylvia, die ihm folgte, im Auge zu behalten. Er bemerkte ihren schweren Flügelschlag und ihren keuchenden Atem. Wie sollte er ihr helfen mit Filana im Arm?
Die Noddoks kreischten und schleuderten ihre Speere. Zum Glück waren sie schlechte Werfer. Immer wieder trafen die metallenen Spitzen die Felswände, und kleine Brocken rieselten in die Tiefe.
Ylvias Flügel schlugen unregelmäßig. Sie bewegte sich schwankend durch die Luft. Dragid sah einen Noddok auf die Wolfsdrachin zielen. Mit der Perle auf seiner Zunge stieß er einen hohen warnenden Ton aus, der als Echo durch die Schlucht hallte.
Im letzten Moment wich Ylvia dem Speer aus, aber da flog schon ein zweiter auf sie zu! Die Waffe streifte ihren Flügel. Dragid hörte keinen einzigen klagenden Laut von ihr, und doch fühlte er ihren Schmerz, als wäre es sein eigener. Das Mal auf seiner Stirn pochte dumpf vor Wut. Er hielt nach seiner Widersacherin Ausschau. Wie erstarrt stand sie auf dem Felsen. Nur ihr Farnhaar wehte im Wind. Eine günstige Gelegenheit, sie im Sturzflug anzugreifen. Doch Dragid hörte Filana unter dem Schattenmantel verstört wimmern.
Plötzlich sah er, nur einen Flügelschlag von sich entfernt,

Noddoks, die ihre Speere auf ihn richteten. Er spannte seinen Körper an und schoss jäh in die Höhe. Eine der Lanzen streifte seinen Schwanz, aber er fühlte keinen Schmerz. Er stieg noch ein Stück höher, dann erst blickte er sich um und der Schreck durchfuhr ihn wie ein Blitz. Ylvia! Sie flog taumelnd, mit letzter Kraft! Wanda selbst war es, die einen silbern glänzenden Speer auf die Wolfsdrachin richtete!
Dragids Herz pochte wie rasend. Er presste Filana fest an sich, und gerade als er umkehrte und seiner Freundin zu Hilfe eilen wollte, nahm er eine Bewegung über sich wahr. Dragid glaubte, seinen Augen nicht zu trauen. Der Farbenpalast schwebte über der Schlucht! Im gleichen Augenblick hörte er ein Zischen. Und dann geschah ein Wunder. Der Speer, der Ylvias Brust fast schon berührte, fiel von einem Pfeil getroffen in die Tiefe. Dragid sah noch, dass Adino seinen Bogen sinken ließ. Dann flog er mit Ylvia davon, Filana fest im Arm. Immer höher stiegen sie, bis der Farbenpalast sie empfing. Als das Tor sich für sie öffnete, hörte er Wandas Wutschrei nur noch aus weiter Ferne.

12. KAPITEL

»Ein Farbenschloss aus dem Land jenseits des Meeres der Schäume!«, sagte Ylvia schwärmerisch. Sie stand auf der Terrasse des Daches und blickte herab über die Brüstung des fliegenden Palastes. Sie schwebten weit über den Baumwipfeln des Schattenwaldes und bewegten sich langsam wie eine vom Wind getriebene Wolke auf das Feuerland zu.
»Dann bist du ein Abgesandter des großen Regenbogens?«
Lesovarnea lächelte. Er hielt beide Hände über Ylvias verwundeten Flügel, und Dragid konnte deutlich sehen, wie das Blut trocknete und die Wunde kleiner wurde. »Ich bin nur ein alter Mann«, antwortete er schließlich.
»Und ein großer Magier und Heiler«, ergänzte Dragid ehrfürchtig.
»Nun, in zweihundertfünfundfünfzig Jahren bleibt einem genug Zeit, etwas Vernünftiges zu lernen. Wenngleich ich es nicht vermag, einen Bogen auf die Art zu spannen wie euer Salamanderfreund. Sogar die Taue der Noddoks hat er mit Pfeilschüssen gekappt, und so konnten wir uns auf die Suche nach euch begeben.«

Adino senkte verlegen über das Lob den Blick. »Wenn du willst, bringe ich dir bei, mit dem Pfeil zu treffen«, schlug er vor.

Lesovarnea lachte schallend, sodass die Farben ringsum einen kurzen wirbelnden Tanz aufführten. »Vielleicht in meinem nächsten Leben.«

»Danke, dass du mich gerettet hast, Adino«, sagte Ylvia ruhig.

Adino winkte lässig ab. »Das war nicht ich, das war mein Pfeil«, sagte er und kicherte. »Außerdem habe ich Dragid versprochen, dass ich in der Nähe bleibe.«

Der Magier bewegte seine Finger in der Luft, als wollte er stricken. Und Dragid sah zu seiner Überraschung aus dem Hut des Mannes Spinnen krabbeln, die sich an glänzenden Fäden zu Ylvia hinabließen. In Windeseile woben sie einen seidigen Verband um den verletzten Flügel.

»Ist das Zauberei?«, fragte Ylvia etwas skeptisch und legte ihren gesunden Flügel um Filana, die sich an sie gekuschelt hatte.

»Die Zauberei der Natur«, antwortete der Magier. »Das Spinnennetz verschließt die Wunde, und sie kann schneller heilen.«

Ylvia nickte und sah den Spinnen bei ihrer Arbeit zu. »Weißt du auch ein Mittel für die Perle des Lichts?«, fragte sie.

Dragid betrachtete besorgt die schwarze Kugel, die in einer

Schale aus weißem Perlmutt lag. Kein noch so kleiner Schimmer war in ihrem Innern zu erkennen.
Sollte Wanda am Ende doch recht behalten? Würde das Feuerland in völliger Dunkelheit versinken?
»Die Kraft, die die Perle braucht, muss von euch Drachen kommen«, antwortete Lesovarnea.
Ylvia hob den Kopf. »Dann gibt es also Hoffnung?«
»Hoffnung gibt es, solange du an die Hoffnung glaubst«, sagte der Magier, und seine Finger dirigierten die Spinnen zurück in den lebenden Hut.
Ylvia betrachtete ihren Flügel, der nun in dichte weiße Seide gehüllt war, dann tauschte sie mit Dragid einen tiefen

Blick. »Lass es mich versuchen«, sagte sie leise. Ohne auf eine Antwort zu warten, schleuderte sie unvermittelt eine lodernde Flamme aus ihrem Rachen. Ganz kurz spiegelte sich das Feuer auf der Oberfläche der Kugel. Doch in ihrem Innern blieb es schwarz.

Ylvia stieß einen enttäuschten Laut aus. »Jetzt bist du dran«, forderte sie.

Dragid nickte ihr unsicher zu. Was sollte er tun? Etwa Wasser speien? Doch dann fiel ihm etwas anderes ein. Langsam hob er die Hand und beobachtete das Zeichen des Regenbogens auf seiner Haut, als er die Perle sanft berührte. Viel-

leicht würde sich das Zeichen wieder verwandeln, um ihm zu helfen? Aber nichts geschah. Die Perle blieb so dunkel wie der Himmel. Über ihren Köpfen hingen schwarze Schattenwolken.

»Lasst uns heimkehren und Otronia um Rat fragen«, meinte Dragid und versuchte, zuversichtlicher zu klingen, als er sich fühlte.

»Fila«, sagte die Drachenprinzessin und zeigte lächelnd ihre scharfen Zähne. »Fila dran.«

»Das ist lieb von dir«, sagte Dragid. »Aber leider kannst du noch kein Feuer speien.«

»Lass sie es versuchen!«, rief Adino. »Filana ist schließlich auch ein Drache!«

Das Drachenkind nickte. »Fila Drache!«, rief sie.

Dragid runzelte die Stirn. »Also schön.«

Filana trat dicht an die Perle heran und fauchte. Doch nicht einmal ein winziges Rauchwölkchen zeigte sich. Schon verzog die Kleine traurig das Gesicht, und Dragid seufzte. Eine weinende Drachenprinzessin fehlte ihm gerade noch!

Doch es flossen keine Tränen. Filana lachte. Sie lachte, als wäre ihr plötzlich eine Idee gekommen. Die Drachenprinzessin begann, heftig mit den Flügeln zu schlagen. Wollte sie jetzt etwa fliegen üben?

»Ja, weiter so!«, rief Ylvia auf einmal.

Und nun sah auch Dragid, was die Drachin meinte: Aus Filanas Flügeln stoben kleine Funken. Je ungestümer sie sich

bewegte, desto heller wurden sie. Plötzlich schlug ein winziger Blitz in die Perle. In ihrem Innern zeigte sich ein schwacher Schein, der allmählich stärker zu leuchten begann. Das Licht der Perle dehnte sich nach allen Seiten aus. Dann schob es die Wolken auseinander, und ein schmaler Sonnenstrahl verbündete sich mit dem Glanz der Perle.
»So!«, sagte Filana und schlug zufrieden mit dem Schwanz.

Wenige Zeit später flog Dragid mit dem Magier auf seinem Rücken um den Turm des Palastes herum. In der Ferne konnte man schon die drei leuchtenden Vulkane des Feuerlandes, den See der Perlen und den Glitzernden Fluss sehen. Die Sonne schien. Die dunklen Wolken waren verschwunden.
Unter ihnen blühten die Farben des Palastes wie Blumen im Frühling. Adino winkte Dragid und seinem Reiter zu. Ylvia stieß eine kleine Freudenflamme aus, und Filana trug stolz die leuchtende Perle des Lichts in einer Krone aus wolkiger Spinnwebenwatte.
»Ich danke dir für den Flug, mein Lieber!«, rief Lesovarnea. »Von einem Ritt auf einem Drachen träumte ich schon seit meiner Kindheit!«
Dragid landete auf der Dachterrasse des Palastes bei seinen Freunden und legte sacht seine mächtigen Flügel um Ylvia, Adino und Filana.

Grit Poppe

Dragid Feuerherz

Hüter der Drachen

Dragid Feuerherz soll das goldene Ei der Drachenkönigin, aus dem bald die kleine Drachenprinzessin schlüpfen wird, bewachen. Doch Dragid wird überlistet und das Ei ist verschwunden. Die Zukunft des Feuerlandes ist bedroht! Auf Dragid wartet jetzt eine große Aufgabe. Er ist dazu auserwählt, das Land der Drachen von den bösen Mächten zu befreien …

ISBN 978-3-401-09148-8
Gebunden. Ab 8 Jahren. 104 Seiten.
Mit zahlreichen Illustrationen.

www.arena-verlag.de

EDITION BÜCHERBÄR

Martina Dierks

Siri die Montagsfee

ISBN 978-3-401-09030-6

Im dritten Band der erfolgreichen Serie »Siri, die Montagsfee« geraten die drei Freunde ins Land der Tränentrinker und Pechfresser. Die berüchtigte Pechmarie droht, die große Uhr der Ewigkeit anzuhalten und das Feenreich zu vernichten, wenn sie nicht von ihrem Pech befreit wird. Nur die kleine Montagsfee kann diesen Bann brechen und Fairy City retten. Eine Geschichte voller Abenteuer, über Freundschaft, Mut und Eifersucht, die dazu ermuntert für andere Verantwortung zu übernehmen …

Weitere Titel der Reihe:

ISBN 978-3-401-08736-8

ISBN 978-3-401-08915-7

Jeder Band:
Ab 8 Jahren.
104 Seiten.
Gebunden.
Mit zahlreichen
Illustrationen.

www.arena-verlag.de

EDITION BÜCHERBÄR

GLITZERNDER
FLUSS
DAMPFENDER
SUMPF
OTRONIAS
HÖHLE
SUMPFGRASTAL
VULKANE
TAL DER
WISPERNDEN
BÜSCHE
SEE DER PERLEN
MEER
DER
TRÄUME
FEUERLAND
BLAU